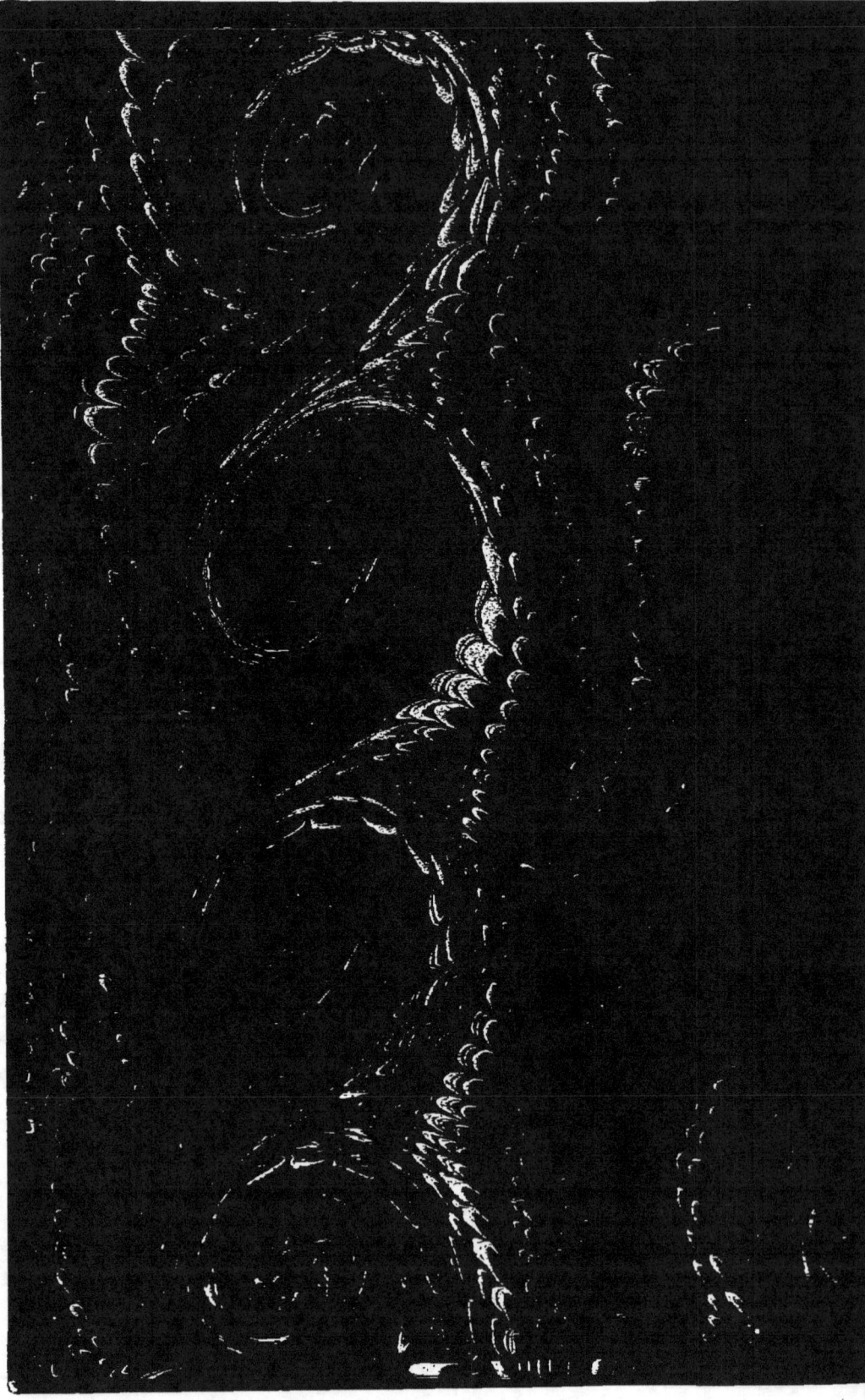

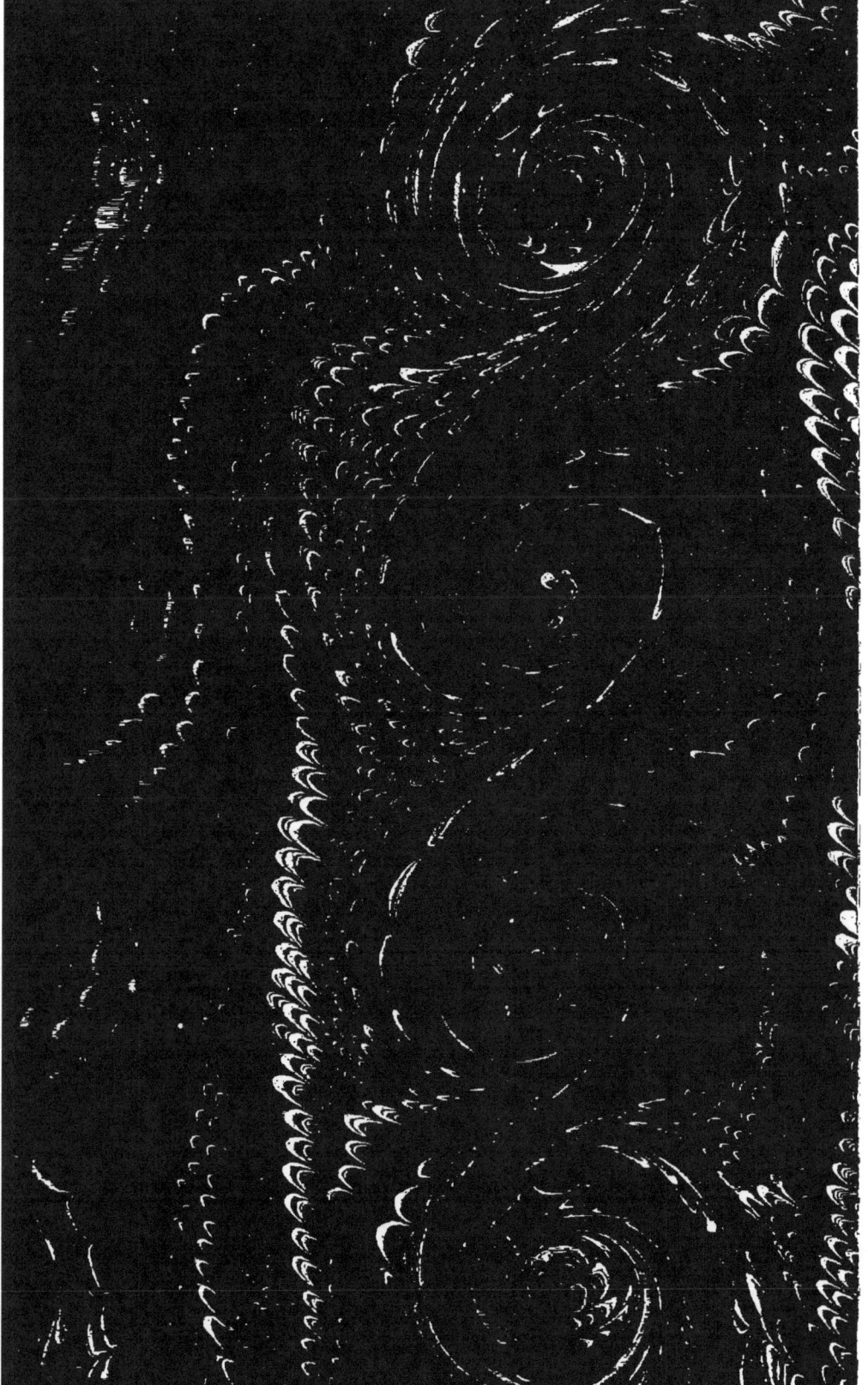

Разр.

82

ESCUARAREN CORPUTZA.

LEXICON

CANTABRICUM.

LA SUBSCRIPCION ESTÁ ABIERTA

(sin pagar nada de adelantado)

HASTA EL 1.º DE ENERO DE 1828:

EN PARIS, en la Librería de DONDEY-DUPRÉ.

EN TOLOSA, { en la de J. M. DOULADOURE, y en la de FR. VIEUSSEUX.

EN PAU, en la de VIGNANCOUR.

EN BAYONA, en la de L. M. CLUZEAU.

EN MAULEON, en la de ROCH-DAGUERRE hijo.

EN SAN SEBASTIAN, en la de I. R. BAROJA.

EN BILBAO, en

EN PAMPLONA, en

EN VITORIA, en

EN MADRID, en

EN ZARAGOZA, en

EN BARBASTRO, en la de LAFITA.

TOLOSA DE FRANCIA,

IMPRENTA DE J. M. DOULADOURE.

JULIO DE 1827.

LA SOUSCRIPTION EST OUVERTE

(sans rien payer d'avance)

JUSQU'AU 1.er JANVIER 1828 :

A PARIS, chez DONDEY-DUPRÉ, père et fils, impr.-libraires.

A TOULOUSE, chez
{ J. M. DOULADOURE, imprimeur-libraire.
{ VIEUSSEUX, père et fils, impr.-libraires.

A PAU, chez VIGNANCOUR, imprimeur-libraire.

A BAYONNE, chez L. M. CLUZEAU, libraire, place de la Cathédrale.

A MAULÉON, chez ROCH-DAGUERRE fils, libraire.

A SAINT-SÉBASTIEN, chez I. R. BAROJA, imprimeur-libraire.

A BILBAO, chez

A PAMPELUNE, chez

A VITORIA, chez

A MADRID, chez

A SARAGOSSE, chez

A BARBASTRO, chez LAFITA.

TOULOUSE,

IMPRIMERIE DE J. M. DOULADOURE.

JUILLET 1827.

DICCIONARIO
BASCONGADO,

ESPAÑOL Y FRANCES,

POR M.ʳ FL. LÉCLUSE, DE PARIS,

CATEDRÁTICO DE LITERATURA GRIEGA, Y DE LENGUA HEBREA, DE
LA UNIVERSIDAD DE TOLOSA ; MIEMBRO DE LA ACADEMIA DE
CIENCIAS Y BELLAS LETRAS DE LA MISMA, etc.

2 *Vol. en* 8.° *de 1000 pág. á 2 columnas;*

PRECIO : 80 R.ˢ v.ᵒⁿ

EL MISMO DICCIONARIO,

REUNIDO EN UN SOLO VOLÚMEN EN 4.ᵗᵒ Á 3 COLUMNAS ;

Precedido de un Discurso filológico sobre las Lenguas, considerándolas
principalmente en cuanto á su filiacion y conexion; y adornado de un
Mapa de la Cantabria Española y Francesa.

PRECIO : 100 R.ˢ v.ᵒⁿ

Prospecto.

Un año ha, que M.ʳ Lécluse, con el objeto de hacer ver á los
literatos estrangeros un idioma, hasta entónces desconocido fuera
de los estrechos límites de la Cantabria, publicó un MANUAL
DE LENGUA BASCONGADA, que contenia una Gramática, con
dos pequeños Vocabularios. Esta obra tuvo un grande acogi-
miento de muchas personas ilustradas, lo que, junto á tantos

DICTIONNAIRE
BASQUE,
ESPAGNOL ET FRANÇAIS,

Par M. Fl. LÉCLUSE, de Paris,

PROFESSEUR DE LITTÉRATURE GRECQUE ET DE LANGUE HÉBRAÏQUE A
LA FACULTÉ DES LETTRES DE TOULOUSE ; MEMBRE DE L'ACADÉMIE
DES SCIENCES , INSCRIPTIONS ET BELLES-LETTRES DE LA MÊME
VILLE , etc.

2 Vol. in-8.° de 1000 pag. à 2 colonnes ;

PRIX : 20 FRANCS.

— ◦◦◦ —

LE MÊME DICTIONNAIRE,

RÉUNI EN UN SEUL VOLUME IN-4.to A 3 COLONNES ;

Précédé d'une Dissertation philologique sur les Langues (1), considérées
principalement sous le rapport de leur filiation et de leur connexion ;
et orné d'une Carte de la Cantabrie Espagnole et Française (2).

PRIX : 25 FRANCS.

— ◦◦◦ —

Prospectus.

M. Lécluse a publié l'an dernier, à Toulouse, un MANUEL DE
LA LANGUE BASQUE, renfermant une Grammaire raisonnée et
deux petits Vocabulaires ; son but était de faire connaître aux
savans étrangers un idiome jusqu'alors inconnu hors des limites
étroites de la Cantabrie. Cet ouvrage a été favorablement accueilli
du public éclairé ; et, ce qui a été pour lui une bien douce ré-

elogios que M.ʳ Lécluse recivió de varios individuos Bascos, Españoles y Franceses, ha sido para él la mas grande recompensa que pudiera esperar de su trabajo. Pero entre las pruebas lisongeras que le dirigieron algunas ciudades de Francia, como Paris, Burdeos, etc., es digna de notarse la que cito, traducida de un Diario que compone en Marsella un autor tan moderado, como instruido.

« Un idioma que se ha conservado como por fenómeno entre los montes de la Cantabria, que no ha admitido la influencia del sistema colonial de los Fenicios, de los Cartagineses, y de los Griegos; que ha sobrevivido á las conquistas de los Romanos, á las correrías de los Bárbaros, y á la dominacion entera de los Castellanos; que ha sido el objeto de todas las perquisiciones hechas por muchos autores Españoles, los que dicen que es una de las lenguas mas antiguas que existen en el globo : es la lengua Bascongada. Pero ¿ que puede juzgarse de un idioma por escritos sistemáticos, dimanados de un amor nacional, muy honroso sin duda, aunque exagerados, y poco susceptibles de mostrar la verdad ?

» La cuestion era importante; y para resolverla, se necesitaba saber la confianza que se podia dar á estos escritos; y se esperaba que la crítica de un erudito separaria la realidad de la suposicion. M.ʳ Lécluse, tan conocido por sus trabajos filológicos y literarios, y en especial por su *Panhelenismo*, cuadro en el que ha simplificado de la manera mas posible la Gramática Griega, no solamente se ha encargado de dar su parte á la crítica, si no tambien de facilitar la lengua Bascongada á toda clase de personas, por medio de su Gramática, cuyas reglas reducidas á las espresiones mas simples, descubriendo el mecanismo de la lengua, la hacen tan fácil como agradable.

» Su *Manual de Lengua Bascongada* se compone de dos partes : la *Gramática* (Letra - Kindea), y los *Vocabularios* (Hitz-Teguiac).

compense de son travail, ce sont les encouragemens flatteurs qu'il a reçus à cette occasion de tous les savans Basques, tant Français qu'Espagnols. Il croirait commettre une indiscrétion, en consignant ici les éloges particuliers qui lui ont été adressés tant de Bayonne que de Saint-Sébastien; mais, parmi les témoignages publics qui lui ont été rendus, soit à Paris, soit dans toute autre ville de France, nous nous plaisons à choisir l'annonce du Manuel Basque, qui a paru dans un journal littéraire que rédige à Marseille un savant aussi modeste qu'érudit.

« Un idiôme qui s'est conservé par une sorte de phénomène dans la région des monts Cantabres; qui a repoussé l'influence du système colonial des Phéniciens, des Carthaginois, des Grecs; qui a survécu aux conquêtes des Romains, aux invasions des Barbares, à la domination pleine et entière des Castillans (3); a été l'objet des recherches de plusieurs auteurs Espagnols, d'après lesquels cet idiôme paraîtrait devoir être une des langues les plus anciennes qui existent sur le globe : c'est la langue Basque. Peut-on porter un jugement sur cette langue, d'après des écrits systématiques et ampoulés, qui ont leur source dans un sentiment national, très-honorable sans doute, mais trop porté à l'exagération, et peu susceptible de laisser apercevoir la vérité?

» La question était importante; mais, pour la résoudre, on sentait le besoin de savoir au juste quel degré de confiance on pouvait ajouter à ces écrits, et on attendait qu'une critique éclairée eût séparé les faits des hypothèses. M. Lécluse, si connu par ses travaux philologiques et littéraires, et sur-tout par son *Panhellénisme*, tableau dans lequel il avait simplifié de la manière la plus heureuse la Grammaire Grecque, s'est chargé non-seulement de faire la part de la critique, mais encore de mettre la langue Basque à portée de tout le monde, en publiant une Grammaire où les règles, réduites à leur plus simple expression, dévoilent tout le mécanisme du langage, et en rendent l'étude aussi facile qu'attrayante.

» Son *Manuel de la langue Basque* se compose de deux parties : la *Grammaire* (Letra-Kindea), et les *Vocabulaires* (Hitz-Teguiac).

» La Gramática, examinada en sus generalidades, presenta dos divisiones principales. La primera comprende las nociones preliminares, á saber : la *Introduccion*, que trata del orígen de la lengua Bascongada, y los ocho primeros párrafos, en los que M.ʳ Lécluse examina el *Alfabeto*, la *Literatura*, el *Nuevo Testamento* en lengua Bascongada, la *Aritmética*, el *Calendario*, los *Dialectos*, las *Etimologías*, y las *Terminaciones*. Esta primera division, digna de atencion por su sana crítica, y escrita de un estilo corriente y espresivo, réduce à su justo valor el trabajo de los autores que han escrito sobre esta lengua, resume las materias que pueden conducir á la claredad de la cuestion, y aleja toda dificultad de modo, que el lector se encuentra en poco tiempo con disposicion para entregarse á un estudio, que hasta entónces le habia parecido superior á sus fuerzas.

» La segunda division trata de la verdadera Gramática, y la comprende toda en cuatro párrafos : la *Declinacion*, la *Conjugacion*, las *Partículas*, y la *Sintaxis*. Es imposible hacer mas conciso y claro un estudio, que no ofrecia á los curiosos mas que un sinnúmero de dificultades. Ademas que el autor no omite nada de cuanto puede ser útil para el estudio de esta lengua, aun ha añadido una coleccion de algunos pedazos escogidos del Bascuence, en prosa y en verso, en los que podrá egercitarse el discípulo, aplicando las reglas de la Gramática.

» En la segunda parte del *Manual*, ademas de los dos Vocabularios B.ᵈᵒ-F.ˢ y F.ˢ-B.ᵈᵒ, se encuentra una coleccion de cuatro piececitas en lengua Bascongada.

» Esta obra no dejará de hacerse interesante à muchas personas que se dedican al estudio de este idioma, que tan fácil se ha hecho por el *Manual* de M.ʳ Lécluse, cuyo método encargo á mis lectores. »

El Amigo del bien, Marsella, octubre de 1826.

Despues de haber establecido las reglas de la Gramática, que con razon las mira Larramendi como el alma de una lengua, M.ʳ Lécluse ha creido deber reunir todas las palabras divididas

» La Grammaire, examinée dans ses généralités, présente deux divisions principales. La première rassemble toutes les notions préliminaires, savoir : l'*Avant-propos*, qui traite de l'origine de la langue Basque, et les huit premiers paragraphes, dans lesquels M. Lécluse examine l'*Alphabet*, la *Littérature*, le *Nouveau Testament* en langue Basque, l'*Arithmétique*, le *Calendrier*, les *Dialectes*, les *Étymologies* et les *Désinences*. Cette première division, remarquable par une saine critique, et écrite d'un style rapide et piquant, réduit à leur juste valeur les laborieux efforts des auteurs qui ont écrit sur la langue Basque, résume les faits qui peuvent conduire à la solution de la question, et écarte les difficultés à tel point, que le lecteur se trouve de suite en mesure d'aborder une étude, qui jusque-là lui avait paru au-dessus de ses forces.

» La seconde division traite de la Grammaire proprement dite, et la renferme toute en quatre paragraphes : la *Déclinaison*, la *Conjugaison*, les *Particules* et la *Syntaxe*. Il serait difficile d'apporter plus de concision et de clarté, dans un sujet que l'on avait presque regardé comme inabordable. La méthode que suit l'auteur est simple et facile; et, pour ne rien laisser à désirer, il a rassemblé dans un appendice des morceaux choisis de la langue Basque, en prose et en vers, sur lesquels on peut s'exercer pour faire l'application des règles de la Grammaire.

» Dans la deuxième partie du *Manuel*, outre les deux Vocabulaires Basque-Français et Français-Basque, on trouve un supplément qui contient un choix de quatre pièces fugitives en langue Basque (4).

» Cet ouvrage ne peut manquer d'intéresser un très-grand nombre de personnes à l'étude d'une langue, qui va devenir très-facile au moyen du *Manuel* de M. Lécluse, dont je ne saurais trop recommander l'acquisition à mes lecteurs. »

L'Ami du bien, Marseille, octobre 1826.

Après avoir posé les règles de la Grammaire, que Larramendi regarde avec raison comme l'AME d'une langue, M. Lécluse a conçu et exécuté le plan de rassembler en un seul CORPS de langue

en los diferentes dialectos de la Cantabria; es decir, componer un Diccionario, en el que todo Basco, sea de la provincia que fuere, pueda encontrar todos los términos propios á su pais, esplicados en lengua Española, y Francesa.

El que dió á luz el primer Diccionario Frances-Griego, débia tambien publicar el primer Diccionario Cantabro. Felicitémonos del celo que ha animado á M.ʳ Lécluse, en medio de sus grandes ocupaciones, para conservar el honor de nuestra hermosa lengua, que parece perderse de dia in dia, y repitamos con Virgilio :

Ille, ut depositi fatum proferret honoris,
Scire potestates verborum usumque loquendi
Maluit, et mutas agitare inglorius artes.

ÆN. xii, 395.

Con la ayuda de este Diccionario trilingue, el Bascuence, saliendo de los estrechos limites á que estaba reducido, se estenderá desde Cadiz hasta Dunkerque; y á ninguna otra cosa se deberá este glorioso triunfo mas, que á los esfuerzos de un sabio Helenista.

¡ Quam gentem subito hanc cernes, ¡ quæ surgere regna
Conjugio tali! Graiûm comitantibus armis,
Punica se ¡quantis attollet gloria rebus !

ÆN. iv, 47.

Para la composicion de su Gramática Bascongada, M.ʳ Lécluse se ha valido mucho de Larramendi, y de Harriet; pero sin seguir todos sus pasos, sometió todas sus ideas á una metódica analísis, y á las reglas de la sana crítica. Esto era para él un trabajo tan honroso como recreativo; lo que no ha esperimentado en la composicion del Diccionario. Sabia por esperiencia cuan fastidiosa era semejante empresa; pero penetrado de toda la utilidad que debia resultar á los Bascos, ha despreciado las fatigas, los desvelos, y el grande trabajo de copiar tantas veces, y de disponer en un riguroso órden alfabético, *bere alaba lenijayoaren*

tous les mots épars dans les différens dialectes de la Cantabrie; c'est-à-dire de composer un Dictionnaire où tout Basque, quelle que fût sa province, Guipuzcoa, Bizcaye, Alaba, Navarre, Labourt, Soule, Mixe, etc., pût trouver tous les termes propres à son pays, expliqués en langue Espagnole et Française.

Il appartenait à celui qui a donné au monde savant le premier Lexique Français-Grec, de publier aussi le premier Lexique Cantabrique. Félicitons-nous du zèle dont M. Lécluse se montre animé, au milieu de ses savantes occupations, pour conserver l'honneur de notre belle langue, qui semble s'évanouir de jour en jour, et disons avec Virgile :

> Ille, ut depositi fatum proferret honoris,
> Scire potestates verborum usumque loquendi
> Maluit, et mutas agitare inglorius artes.
>
> ÉN. XII, 395.

A l'aide de ce Dictionnaire triglotte, le Basque, franchissant les barrières qui le resserraient, s'étendra depuis Cadix jusques à Dunkerque; et ce sera aux efforts d'un habile Helléniste que nous devrons ce glorieux triomphe.

> Quam gentem subito hanc cernes, quæ surgere regna
> Conjugio tali! Graiùm comitantibus armis,
> Punica se quantis attollet gloria rebus !
>
> ÉN. IV, 47.

Pour la composition de sa Grammaire Basque, M. Lécluse s'était beaucoup aidé de Larramendi et de Harriet; mais, sans se traîner sur leurs pas, il avait soumis toutes leurs idées à l'analyse la plus méthodique, et aux règles de la saine critique. C'était un travail aussi honorable que récréatif : il n'en a pas été de même pour la composition du Dictionnaire. Il savait par expérience combien est fastidieuse une pareille entreprise; mais, pénétré de toute l'utilité qui devait en résulter pour les Basques, il a bravé avec courage la fatigue, l'ennui et le dégoût de copier plusieurs fois, et de disposer dans l'ordre alphabétique le plus rigoureux,

lagunzarequin, mas de 40,000 palabras ó frases, de por sí insipidas, y de las que se podria decir bien á propósito :.

Sunt verba et voces, prætereaque nihil.

M.ʳ Lécluse tuvo al principio la intencion, de hacer una eleccion de las palabras mas útiles, y de limitarse á 12 ó 15 mil; pero creyendo que esta abreviacion no bastaria á llenar sus deseos, se ha decidido á juntar, y á poner por órden todas las palabras estraviadas en diferentes páginas de los dos volúmenes en folio del Diccionario Español, Bascongado y Latin, de Larramendi : entremos en algunos pormenores.

Ántes que Larramendi existiese, no habia Gramática Bascongada, ni Diccionario. Publicó la Gramática en Salamanca en 1729; y en 1745 dió á luz en San Sebastian un Diccionario Español, Bascongado y Latin, que todos los que no lo conocen (cuyo número es muy grande) lo confunden sin razon con un Diccionario del Bascuence. Esta denominacion es tan falsa, que á pesar de este Diccionario, todo estrangero, y aun la mayor parte de los Bascos, tendrian mucho trabajo para saber lo que significan *bapestanza, bechaozta, bepilla, bibechao-paya, bereztizquidea*, y mil términos Bascongados, que la casualidad solamente podria hacer encontrar en Larramendi, que comienza todos sus artículos por la palabra Española; los que se encontrarán con mucha facilidad en el Diccionario de M.ʳ Lécluse, donde todos los artículos comienzan por las palabras Bascongadas, dispuestas segun órden alfabético.

No dudo, que entre los Bascos que no entenderán estos términos, se encontrará alguno que dirá : ¡Estas palabras no son Bascongadas! ¿De donde las ha sacado el S.ᵒʳ Parisiense? M.ʳ Lécluse los dirige á Larramendi, de quien no es mas que un intérprete fiel, y este R. P. les responderá : « ¿ Sabeis, cuantas fatigas he sufrido, cuantas provincias he corrido, y cuantas personas y bibliotecas he visitado, preguntando á unos y á otros : ¿ au cer da ? ¿ oni nola deritza ? Apénas conoceis los términos de vuestro dialecto, y ¿quereis ir á reprender los que son propios á

bere alaba lehenaren lagunzarequin, 40,000 mots ou phrases qui ne parlaient en rien à l'imagination, et dont il pouvait dire à bon droit :

> Sunt verba et voces, prætereaque nihil.

M. Lécluse avait eu d'abord l'intention de faire un choix des mots les plus usités, et de se borner au nombre de 12 à 15 milliers; mais, pensant qu'un tel abrégé serait et resterait longtemps insuffisant, il s'est décidé à rassembler et à mettre en ordre tous les mots disséminés çà et là dans les 2 volumes in-folio du Dictionnaire Espagnol, Basque et Latin, de Larramendi : entrons ici dans quelques détails.

Avant Larramendi, il n'y avait point de Grammaire Basque, point de Dictionnaire. Il publia la Grammaire à Salamanque en 1729; et en 1745 il fit paraître à Saint-Sébastien un Dictionnaire Espagnol, Basque et Latin, que tous ceux dont il n'est pas connu (et le nombre en est grand) confondent mal à propos avec un Dictionnaire Basque. Cette dénomination est si fausse, que malgré ce Dictionnaire tous les étrangers, et même la plupart des Basques, seraient fort embarrassés de dire ce que signifient *bapestanza, bechaozta, bepilla, bibechaopaya, bereztizquidea*, et un millier d'autres termes Basques, que le hasard seul pourrait faire rencontrer dans Larramendi, qui commence tous ses articles par le mot Espagnol; mais que l'on trouvera au contraire très-facilement dans le Dictionnaire de M. Lécluse, où tous les articles commencent par les mots Basques, disposés entr'eux selon l'ordre alphabétique.

Sans doute que parmi les Basques qui ne comprendront pas ces termes, il s'en trouvera un ou deux qui s'écrieront : Ces mots ne sont pas Basques! et où M. le Parisien les a-t-il pris? — M. Lécluse les renvoie d'avance à Larramendi, dont il n'est que l'interprète fidèle. Ce R. Père leur répondra : « Savez-vous toutes les fatigues que j'ai essuyées, tous les voyages que j'ai entrepris, toutes les provinces que j'ai parcourues, tous les ateliers que j'ai visités, en demandant à l'un et à l'autre : *hau cer da? huni nola deritza?* Vous connaissez à peine les mots de votre dialecte, et

otro ! Por esto tratan de pobre nuestra lengua. Deberiais, aunque conservéis las finales de vuestro dialecto, mirar los diferentes términos de cada uno de ellos, como pertenecientes á un dominio comun. Homero, con una ligera interpolacion de varios dialectos de la Grecia, ¿ no enriqueció la mas hermosa de las lenguas ? imitad pues este gran poeta : que tampoco yo he hecho, en mi Diccionario, distincion alguna de términos propios á este, ó al otro dialecto. Por egemplo, buscando AMAR, encontrareis *amatu, onetsi, oniritzi, maitatu, maite izan;* al verbo PONER, *ifini, ibeni, ereni, ezarri, paratu;* al verbo CANSAR, *cansatu, necatu, aricatu, unatu.* No he querido advertir que *aricatu* es usado en la Señoria, *unatu* en el Labort, *necatu* en la Provincia, y *cansatu* en todos los dialectos. Serviros en general de la palabra *aricatu*, y pronunciad con vuestras finales particulares : *aricatu jataz, aricatu zaizt, aricatu zaizquit;* usad en comun *ereni*, y decid, variando solamente los auxiliares : *ereni diozcat, ereni dizquiot, ereni deutsadaż, ereni darotzat, ereni deraùtzat* (Proleg., pág. 46). »

Despues de esta viva respuesta, el R. P., continuando sus palabras, hará ver que en toda lengua es menester distinguir los términos usuales, de los científicos. Todos los usuales, los ha recogido de la misma boca de los Bascos de cada una de las provincias de la Cantabria; en cuanto á los científicos, avergonzándose de ver, que sus compatriotas sacaban de los Griegos, y de los Latinos, términos que tenian en su propia lengua, ha reemplazado *sincategorematicoa* por *bereztizquidea*, y *transubstanciacioa* por *bestegopea*, y así por todos los otros; acogiéndose á la idea de Cervantes, que hace decir por el gran Don Quijote á Sancho Panza : « ERUCTAR, Sancho, quiere decir *regoldar*, y este es uno de los mas torpes vocablos, que tiene la lengua Castellana, aunque es muy significativo : y así la gente curiosa se ha acogido al Latin, y al *regoldar* dice ERUCTAR, y á los *reguéldos* ERUCTACIONES. Y cuando algunos no entiendan estos términos, importa poco; que el uso los irá introduciendo con el tiempo,

vous voulez condamner les termes propres aux autres ! Voilà
pourquoi l'on taxe notre langue de pauvreté. Vous devriez, tout
en conservant les désinences propres à chaque dialecte, regarder
les différens termes de chacun d'eux comme appartenant au do-
maine commun. Homère n'a-t-il pas, par un mélange heureux
des divers dialectes de la Grèce, orné et enrichi la plus belle des
langues? imitez ce grand poète. C'est pour cela que, dans mon
Dictionnaire, je n'ai admis aucune distinction de termes propres
à tel ou à tel dialecte. En cherchant AMAR (aimer), par exemple,
vous trouverez *amatu, onetsi, oniritzi, maitatu, maite izan* ;
au mot PONER (mettre), *ifini, ibeni, ereni, ezarri, paratu* ;
au mot CANSAR (fatiguer), *cansatu, necatu, aricatu, unatu.*
Je n'ai pas voulu avertir que *aricatu* était usité dans la Seigneurie
de Bizcaye, *unatu* dans le Labourt, *necatu* dans la Province de
Guipuzcoa, et *cansatu* dans tous les dialectes. Servez-vous en
commun du mot *aricatu*, et dites avec vos désinences particu-
lières : *aricatu jataz, aricatu zaizt, aricatu zaizquit;* servez-
vous en commun du mot *ereni*, et dites, en variant seulement
les auxiliaires : *ereni diozcat, ereni dizquiot, ereni deutsadaz,
ereni darotzat, ereni derautzat* (Prolég., pag. 46). »

Après cette vive repartie, le R. Père, continuant son propos,
fera remarquer que, dans toute langue, il faut distinguer les
termes usuels et les termes scientifiques. Tous les termes usuels,
qu'il ignorait, il les a recueillis de la bouche même des Basques de
chacune des Provinces de la Cantabrie; quant aux mots scientifiques, rougissant de voir ses compatriotes emprunter aux Grecs et
aux Latins des termes qu'ils pouvaient tirer de leur propre Langue,
il a remplacé *sincategorematicoa* par *bereztizquidea*, et *transubstanciacioa* par *bestegopea*, et ainsi pour tous les autres ; s'ap-
puyant du témoignage de Cervantès, qui fait dire par le grand
Don Quichotte à Sancho Panza : «ERUCTAR, Sancho, veut dire
regoldar, et ce dernier terme est un des plus bas de la langue
Espagnole, bien qu'il soit très-significatif. Aussi les gens du bon
ton ont-ils eu recours au Latin : au lieu de *regoldar*, ils disent
ERUCTAR, et au lieu de *regueldos*, ERUCTACIONES. Que si
plusieurs personnes ne comprennent pas ces expressions, peu

que con facilidad se entiendan; y esto es enriquecer la lengua, sobre quien tiene poder el vulgo, y el uso (*Proleg., pág.*46).»

Sin embargo, ha conservado muchos nombres Españoles, y Latinos, que el uso, por decirlo así, ha respetado, como *naypes, honor,* etc. Pero ántes de enunciar la palabra Española ó Latina, ha querido hacer ver su origen del Bascuence; de modo que la palabra *guerra,* quiere que venga de GU-ERRAC que significa *estamos quemados;* la voz Latina *lolium* (joyo) de LO-OLLOAC, *adormecer las pollas,* etc. Su Diccionario abraza dos mil etimologías, poco mas, ó menos, de esta especie; pero entre ellas ninguna se encuentra tan ridícula como aquellas, en las que un pedante (*de cuyo nombre no quiero acordarme*) da á *Versailles* un CALDERO por origen, y á *Paphos* un SAPO !!!

El mismo Larramendi confiesa (*Proleg., pág.* 3 y 12) que no conocia la lengua Hebrea. En cuanto á la Griega, si no dice lo mismo, en muchas ocasiones hace ver que no tenia de ella mas que un mediano conocimiento; lo que se ve bien claro, cuando traduce SICOFANTA por PICO-JALEA, que significa *comedor de higos,* y no *acusador de los que roban higos;* SICÓMORO por PICO-ZOROA, sin hacer atencion que SICÓMORO no significa *higuera loca,* pero sí, una *higuera-morera,* como lo manifiesta Columela :

Arboris à *ficu* et *moro* cognomen habentis.

« Mi primer pensamiento (dice Larramendi) fué, poner primero la voz Bascongada, y despues la correspondiente Castellana, y Latina; pues así se llamaria, al parecer, con mas oportunidad Diccionario del Bascuence. — Pero mudé la idea..., esperando que otro CURIOSO, que quisiere trabajar algo, podrá disponer el Diccionario, en que se pongan ántes las voces del Bascuence, y despues las del Romance, etc.

importe, parce que l'usage saura les introduire avec le temps, et
faire en sorte qu'elles se comprennent facilement. C'est ainsi qu'on
enrichit la langue, soumise à l'empire de la multitude et de
l'usage (*Prolég.*, *pag.* 46). »

Cependant il a conservé beaucoup de mots Espagnols et Latins,
que l'usage avait pour ainsi dire consacrés, tels que *naypes*,
honor, etc. Mais il essaie auparavant, en décomposant ces mots
Espagnols ou Latins, de leur assigner une origine Basque. Ainsi,
suivant lui, le mot Espagnol *guerra* (guerre), vient de GU-
ERRAC (*nosotros quemados*), nous sommes brûlés; le mot Latin
lolium (ivraie), vient de LO-OLLOAC, qui endort les poules,
etc., etc. Son Dictionnaire renferme environ deux mille étymologies de cette espèce; toutefois dans ces deux mille étymologies,
on n'en rencontre pas de ridicules comme celles d'un Mathanasius
moderne, qui assigne à Versailles un *chaudron* pour origine, et
à Paphos un *crapaud !!!*

Larramendi montre en plusieurs occasions qu'il n'avait qu'une
médiocre connaissance de la langue Grecque; par exemple, lors-
qu'il traduit *sicofanta* par *picojalea*, qui signifie *sycophage* et
non pas sycophante; *sicómoro* par *picozoroa*, sans faire attention
que sycomore ne signifie pas un figuier fou, *higuera loca*,
mais bien un figuier-mûrier, comme le témoigne Columelle :

Arboris à *ficu* et *moro* cognomen habentis.

M. Lécluse se propose de relever ces erreurs (5) avec tous les
égards dus à ce profond grammairien.

« Ma première pensée (dit Larramendi) fut de mettre en
premier lieu le mot Basque, et ensuite le mot Castillan et Latin
qui lui correspondait; en effet, il semble que mon Dictionnaire se
fût alors appelé à plus juste titre un Dictionnaire Basque. — Mais
j'ai changé d'idée....., espérant qu'un autre AMATEUR de notre
Langue, qui voudrait travailler un peu, pourrait, en transcrivant
sur des cartes tous ces mots disséminés dans mes deux volumes,
et en les disposant par ordre alphabétique, composer un véritable
Dictionnaire Basque. »

El *Curioso*, de quien habla Larramendi, se ha hecho esperar ochenta años; y por fin M.ʳ Lécluse es el que se ha encargado de esta noble empresa. A nosotros nos toca ahora ayudar, y sostener su celo, para que pueda decir con Virgilio:

Non canimus surdis, respondent omnia silvæ.

EGL. x, 8.

Voy á esponer los motivos que el R. P. Larramendi ha tenido, para *mudar de idea*, y dejar al cuidado de otro la composicion del Diccionario del Bascuence, para satisfacer la curiosidad de aquellos, que tengan deseos de saberlo. Juntando todas las palabras Bascongadas usuales, no habria resultado mas que una nomenclatura muy limitada, porque todos los términos de ciencias y artes no existian; los equivalentes de *sinédoque, sinalefa, silépsis, sinéresis* no hubieran figurado nada en esta coleccion; y bien seguro que no se habria valido de *seigueya, ó seyurria,* ni de *zazpigueya, ó zazpiurria,* para significar en la música una *sesta* y una *séptima,* mayor ó menor; en lugar que componiendo un Diccionario Español-Bascongado, se ha visto en la necesidad de traducir, de una manera ó de otra, toda la nomenclatura del Diccionario de la Real Academia Española; que es lo mismo que si un Basco Frances emprendiese la obra, de traducir toda la nomenclatura del Diccionario de la Academia Francesa.

En la composicion de su Diccionario Bascongado, M.ʳ Lécluse ha dispuesto por órden alfabético todas las palabras usuales ó científicas, recogidas ó adoptadas por Larramendi; y en vez de la palabra Latina, que este último habia conservado en cada artículo, como la habia encontrado en el Diccionario de la Real Academia Española, ha tenido la buena idea de substituirla por la traduccion Francesa, que hallándose por este medio al lado de la Española, se hace mucho mas apreciable el Diccionario, y forma una nueva liga entre las dos divisiones de una nacion, cuya lengua, costumbres, y usos han estado siempre en una perfecta armonía.

Si alguno encuentra mal esta ó la otra espresion, M.ʳ Lécluse responderá, que no le pertenecia á él, desaprobar lo que habia

L'*Amateur* qu'appelait Larramendi s'est fait attendre pendant plus de 80 ans ; et enfin M. Lécluse s'est imposé cette noble tâche. C'est à nous de seconder son zèle, afin qu'il puisse dire avec Virgile :

Non canimus surdis, respondent omnia sylvæ.

ÉGL. x, 8.

On ne sera peut-être pas fâché d'apprendre par quel motif le R. P. Larramendi *a changé d'idée*, et pourquoi il a laissé à un autre le soin de composer le Dictionnaire Basque. Le voici : en rassemblant tous les mots Basques usuels, il n'aurait eu qu'une nomenclature bien bornée, puisque tous les termes de sciences et arts n'existaient pas ; les équivalens de *synecdoque, synalèphe, syllepse, synérèse* n'auraient certainement pas figuré dans un tel recueil ; et à coup sûr il n'y aurait pas fait entrer *seigueya* ou *seyurria*, ni *zazpigueya* ou *zazpiurria*, pour signifier en musique une *sixte* et une *septième*, majeure ou mineure ; au lieu qu'en composant un Dictionnaire Espagnol-Basque, il s'est mis dans la nécessité de traduire en Basque, d'une manière ou d'autre, toute la nomenclature du Dictionnaire de l'Académie Espagnole. C'est comme si un Basque Français s'imposait la pénible tâche de traduire en Basque toute la nomenclature du Dictionnaire de l'Académie Française.

Dans la composition de son Dictionnaire Basque, M. Lécluse a disposé par ordre alphabétique tous les mots usuels ou scientifiques, recueillis ou adoptés par Larramendi ; et au lieu du mot Latin, que ce dernier avait conservé à chaque article, comme il l'avait trouvé dans le Dictionnaire de l'Académie Espagnole, il a eu l'heureuse idée de substituer la traduction Française, qui, se trouvant par ce moyen à côté de la traduction Espagnole, double l'utilité de son Dictionnaire, et établit un lien nouveau entre les deux divisions d'une grande nation, dont la langue, les mœurs et les usages ont toujours été en parfaite harmonie.

Si l'on blâmait telle ou telle expression, M. Lécluse répondrait qu'il ne lui appartenait pas de rejeter ce qui avait été adopté par

sido establecido por el segundo criador de la lengua; pero que, si en algun tiempo (cosa que seria muy útil, y muy posible) se llegaba á instalar, sea en España, sea en Francia, una Academia Cantábrica, á ella le tocaria aprobar, ó desaprobar los términos que juzgaria útiles, ó inútiles; al mismo tiempo que tambien deberia ocuparse en señalar una ortografía, que hasta ahora es muy arbitraria; pues solamente el verbo *huir* se puede escribir en el Bascuence de una multitud de maneras, como : *ies, iesi; iyes, iyesi; igues, iguesi; iñes, iñesi; ihes, ihesi; hies, hiesi.* Por esto el mencionado pedante, que no conocia mas que la palabra *biga*, para la significacion de *dos*, se ha escandalizado al ver *bia.*

Esperando la instalacion de una Academia Cantábrica, de la que algunos Bascos han tenido la idea, le ha parecido à M.ʳ Lécluse, que de ninguno se podia valer mejor, que de Larramendi. En efecto, ¿á quien podia dirigirse con mas confianza, puesto que este R. P. confiesa él mismo, que á pesar de todos sus estudios, y preguntas, no habia podido saber la significacion de palabras de su mismo dialecto? Por egemplo : « *Sotrotsa*, dice él (tomo 2, pág. 304), en Bascuence, es una voz comunísima, cuya significacion determinada no me la ha sabido dar nadie, aunque dicen que significa una cosa ruin y despreciable : *Ecarri zadazu Tolosatic au edo ori*; y responden : *Bai, sotrotsa.* » M.ʳ Lécluse piensa que esta palabra *sotrotsa* no es otra cosa que el *sotrozo* de los Españoles, es decir, el hierro que se mete, ó pone en los eges de las cureñas de la artillería, para detener las ruedas; él opone à esta espresion, y aun á esta frase Bascongada, la siguiente Francesa : *Apportez-moi ceci ou cela de Toulouse.* — *Oui, PALTOQUET.* ¿ Le preguntarán la significacion de esta última palabra? él responderá que significa un hombre grueso, y grosero, que tampoco es otra cosa mas, que el *palitoque* ó *palitroque* de los Españoles, que quiere decir un pedazo de madera en bruto.

Si ERRUA, pues, significa en la Señoria *culpa*, y *brio* en la Provincia; si PIZTIA quiere decir *ave* en la primera, y *comadreja* en la segunda, M.ʳ Lécluse no puede remediarlo, y se dis-

le second créateur de la langue; et que si jamais (ce qui serait fort utile et fort possible) il s'élevait, soit en Espagne, soit en France, une Académie Cantabrique, ce serait à elle d'approuver ou de désapprouver telle expression ou telle phrase. Elle aurait encore à s'occuper de fixer une orthographe qui jusqu'ici est fort arbitraire, puisque le seul mot fuir (*huir*) s'écrit en Basque *ies, iesi; iyes, iyesi; igues, iguesi; iñes, iñesi; ihes, ihesi; hies, hiesi.* Voilà pourquoi un Basque, qui ne connaissait que *biga,* pour signifier *deux,* a été scandalisé de voir *bia.*

En attendant cette institution d'une Académie Cantabrique, dont quelques savans Basques ont déjà conçu l'idée, M. Lécluse a cru ne pouvoir mieux faire, que de prendre pour guide Larramendi. En effet, à qui aurait-il pu s'adresser avec plus de confiance? puisque ce R. Père avoue lui-même, que malgré toutes ses recherches, il y avait des mots dans son dialecte même, dont aucun Basque n'avait pu lui donner la signification précise. Citons-en un exemple : « SOTROTSA, dit-il (tom. 2, pag. 304), *en Bascuence, es una voz comunísima, cuya significacion determinada no me la ha sabido dar nadie, aunque dicen que significa una cosa ruin y despreciable :* Ecarri zadazu Tolosatic au edo ori; *y responden :* Bai, sotrotsa. — M. Lécluse pense que ce mot *sotrotsa* n'est autre chose que le *sotrozo* des Espagnols, c'est-à-dire *el hierro que se mete en los eges de las cureñas de la artillería, para detener las ruedas;* et il oppose à cette expression et même à cette phrase Basque, l'expression et la phrase Française suivante : *Apportez-moi ceci ou cela de Toulouse. — Oui, PALTOQUET.* Lui demandera-t-on la signification précise de ce dernier mot? il répondra qu'il signifie un homme épais et grossier, et n'est autre chose que le *palitoque* Espagnol, qui veut dire un morceau de bois brut.

Si donc ERRUA signifie, dans le dialecte Bizcayen, *culpa* (une faute), et *brio* (force) dans celui de Guipuzcoa; si dans le premier PIZTIA veut dire *ave* (un oiseau), et dans le second

culpa con Larramendi ; si ha tomado mal el sentido de algun término Español, el término estará siempre patente, para aclarecer el error.

Este Diccionario Bascongado contendrá todas las palabras, con las que Larramendi ha esplicado la nomenclatura del Diccionario de la Real Academia Española, así mismo todas las frases, y proverbios, con sus equivalentes Franceses, las principales irregularidades de los verbos *egon, eguin, ibilli, jaquin, joan,* etc., todo dispuesto, como se ha dicho, en el órden alfabético el mas riguroso. Ademas se hallarán, cada uno en su puesto respectivo, mil términos propios al Bizcayno, ó estraidos con sumo cuidado del libro tan dificultoso de *Axular,* de los que Larramendi habia hecho un suplemento á la fin de su segundo volúmen.

Los verbos estan puestos bajo la forma del infinitivo que es la mas vecina del participio; forma que Larramendi habia escogido sin duda, para componer mas fácilmente el participio. Así *maitatu, saldu, eguin, egon,* conducen naturalmente á *maitatua, saldua, eguiña, egona;* y si se quieren saber las otras formas del infinitivo, es muy fácil el conseguirlas diciendo : *maita, maitatu, maitatuco,* ó *maitaturen, maitatcen, maitatcea; eguin, eguinen,* ó *eguingo, eguiten, eguitca.* Indicándolas bajo la forma radical *maita, sal,* etc., hubiera encontrado cualquiera una grande dificultad para formar el participio.

Todos los nombres tienen el artículo *a,* ó *ac* pospuesto; fácil hubiera sido à M.ʳ Lécluse escusarse de esta repeticion; pero sin duda se ha detenido, al ver que aun un Basco (el pedante ya mencionado) habia confundido una *a* radical con un artículo, y hasta imprimir AIT (padre) en lugar de AITA.

Tal es la obra que lleno de alegría anuncio á mis compatriotas, obra que se podria llamar un fenómeno, teniendo por autor un hombre que no ha nacido en nuestras provincias, obra que al parecer está destinada para completar, y aun para reemplazar la de Larramendi. Digo *completar,* porque el mismo Larramendi confiesa que su Diccionario no es, hablando propiamente, un

garduña (une belette), M. Lécluse n'en peut mais, il se retranche derrière Larramendi; et en supposant même qu'il se soit mépris sur le sens douteux de quelque terme Espagnol, le terme Espagnol est toujours là, pour aider à rectifier l'erreur.

On trouvera, dans ce Dictionnaire Basque, tous les mots employés par Larramendi, pour expliquer la nomenclature du Dictionnaire de l'Académie Espagnole, toutes les phrases et tous les proverbes avec leurs équivalens français, les principales irrégularités des verbes *egon, eguin, ibilli, jaquin, joan,* etc.; le tout disposé, comme nous l'avons déjà dit, dans l'ordre alphabétique le plus rigoureux. On y trouvera de plus, chacun à leur ordre respectif, un millier de termes propres au Bizcayen, ou extraits avec grand soin du livre difficile d'*Axular,* dont Larramendi avait formé un supplément à la fin de son second volume.

Les verbes sont tous cités sous celle des formes de l'infinitif qui est la plus voisine du participe; forme que Larramendi avait sans doute choisie, afin que l'on pût arriver plus aisément à ce dernier. Ainsi *maitatu, saldu, eguin, egon,* conduisent naturellement à *maitatua, saldua, eguiña, egona;* et si l'on veut avoir les autres formes de l'infinitif, il est facile de les obtenir en disant : MAITA, *maitatu, maitatuco* ou *maitaturen, maitatcen, maitatcea;* EGUIN, *eguinen* ou *eguingo, eguiten, eguitea.* En les indiquant sous la forme radicale *maita, sal,* etc., on aurait pu être embarrassé sur la formation du participe.

Les noms paraissent tous avec l'article *a* ou *ac* postposé; M. Lécluse aurait pu s'épargner la répétition de cet article; mais peut-être a-t-il été arrêté, en pensant qu'un Basque même avait confondu un *a* radical avec un article, et imprimé AIT (père) au lieu de AITA.

Tel est l'ouvrage que nous annonçons avec orgueil à nos compatriotes, ouvrage que l'on pourrait appeler gigantesque, de la part d'un auteur qui n'a pas pris naissance dans nos provinces, ouvrage qui nous semble destiné à compléter et même à remplacer celui de Larramendi. Je dis *compléter,* parce que Larramendi lui-même avoue que son Dictionnaire n'est pas, à proprement

Diccionario Bascongado, y no puede servir mas que á los Españoles que quieren aprender el Bascuence. Añado *reemplazar*, porque por una parte el Diccionario de Larramendi es enteramente inútil à un Basco, que no sepa el Español, y por otra parte se ha hecho tan raro, que con mucho trabajo se encontrarian estos dos en folio, aunque se dieran por ellos dos onzas de oro; en lugar que el Diccionario de M.ʳ Lécluse, siendo BASCONGADO, Español y Frances, podrá servir á todo Basco, tanto Frances como Español, de una forma mucho mas cómoda, y de un precio regular para todo el mundo.

Pensando M.ʳ Lécluse que la forma en 4.ᵗᵒ convendrá á las bibliotecas principales, la ha enriquecido con una DISERTACION FILOLÓGICA SOBRE LAS LENGUAS, considerándolas principalmente en cuanto á su filiacion y conexion. Pero la en 8.º será sin duda mas manual, y de un uso mas general.

Me parece haber dicho bastante; y confiado en el refran : *Cartac ditugunetic, eztegu hitzen bearric* (callen barbas, y hablen cartas), voy á poner en paralelo el trabajo de Larramendi con el de M.ʳ Lécluse, en las dos pág. siguientes (14 y 15).

Tomamos sin elegir, una página en el Diccionario Español, Bascongado y Latin (1.ᵉʳ vol. en fol. pág. 436), que comprende en sí muchos términos científicos, y la reproducimos exactamente (hasta su antigua ortografía), reduciendo, por medio de un caracter mas pequeñito, sus dos columnas en folio, à dos columnas en 8.ᵛᵒ (vease la pág. 14).

La página 15, que sirve de modelo al trabajo de M.ʳ Lécluse, presentará todas las palabras Bascongadas esparcidas en la página 14, pero dispuestas en un órden alfabético el mas riguroso, y esplicadas en lengua Española, y Francesa.

J. F.

parler, un Dictionnaire Basque, et ne peut servir qu'à des Espagnols qui voudraient apprendre le Basque. J'ajoute *remplacer*,
parce que d'un côté le Dictionnaire de Larramendi est de toute
inutilité à un Basque qui ne sait pas l'Espagnol, et que de l'autre
il est devenu si rare, qu'avec deux onces d'or on a de la peine
à se procurer ces deux in-folio ; au lieu que le Dictionnaire de
M. Lécluse, étant BASQUE, Espagnol et Français, sera à l'usage
de tout Basque, tant Espagnol que Français, d'un format beaucoup plus commode, et d'un prix abordable pour tout le monde.

Le format in-4.° conviendra peut-être mieux aux grandes
bibliothèques ; voilà pourquoi M. Lécluse a cru devoir l'enrichir
d'une DISSERTATION PHILOLOGIQUE SUR LES LANGUES, considérées principalement sous le rapport de leur filiation et de leur
connexion. Mais l'in-8.°, plus portatif, sera sans doute d'un
usage plus général.

Nous croyons en avoir assez dit ; et, fidèles au vœu du
proverbe : *Cartac ditugunctic, eztegu hitzen bearric* (callen
barbas, y hablen cartas), nous allons, dans les deux pages sui-
vantes (14 et 15), mettre en parallèle le travail de Larramendi
et celui de M. Lécluse.

Nous prenons au hasard une page du Dictionnaire Espagnol,
Basque et Latin (1.ᵉʳ vol. in-fol., pag. 436), qui renferme
beaucoup de termes scientifiques ; et nous la reproduisons fidèle-
ment, sans même rien changer de son ancienne orthographe, en
réduisant, à l'aide d'un caractère plus petit, ses deux colonnes
in-folio en deux colonnes in-8.° (*voir la page* 14).

La page 15, servant de modèle pour le travail de M. Lécluse,
offrira tous les mots épars dans la page 14, mais disposés dans
l'ordre alphabétique le plus rigoureux, et expliqués en langue
Espagnole et en langue Française.

A.-M. D'ABBADIE,

(*Arrastoitarra*).

DICCIONARIO ESPAÑOL, BASCONGADO Y LATIN,

Por LARRAMENDI.

Hyadas, *urizarrac*, hyades.
Hybleo, *hiblatarra*, hyblæus.
Hydra, *usuguea*, hydra.
Hydraulica (maquina, *ulancaya*, machina hydraulica.
Hydria, *lusulla*, hydria.
Hydrocephalo, *burura*, hydrocephalon.
Hydrographia, *uciabezta*, hydrographia.
Hydrographico, *uciabeztarra*, hydrographicus.
Hydromancia, *uraztia*, hydromantia.
Hydrometria, *uneurta*, hydrometria.
Hydropesia, *ugueria*, hydropisis.
Hydrophobo, *uricara*, hydrophobia.
Hydropico, *ugueriaz dagoana*, hydropicus.
Hydrostatica, *urtastunea*, hydrostatica.
Hydrotechnia, *ulancaiquinza*, hydrotechnia.
Hyemal, *negutarra*, hyemalis.
Hyena, *hiena*, hyena.
Hyesera, *quisobia*, gypsi fodina.
Hyeseria, *quisuquinza*, gypsi fabrica.
Hyesero, *quisuquiña*, gypsi fabricator.
Hyeso, *quisua*, gypsum.
Hyeso mate, *quisu hila*, gypsum restinctum.
Hyeson, *quisu coscorra*, gypsatæ fabricæ fragmentum.
Hygrometro, * *idorneurta*, hygrometrum.
Hymno, *docanta*, hymnus.

Hyperbaton, *hitzaldaira*, hyperbaton.
Hyperbola, *marboillaquia*, hyperbola.
Hyperbole, *andizcada*, hyperbole.
Hyperdulia, *gaindonecurtea*, hyperdulia.
Hyperico, *licurusna*, hypericon.
Hypocondrico, *sayesperiarra*, hypocondricus.
Hypocresia, *irudeztca*, hypocrisis.
Hypocrita, *irudeztarra*, hypocrita.
Hypomochlio, *balenquema*, hypomochlion.
Hypostasis, *izapea*, hypostasis.
Hypostatico, *izapearra*, hypostaticus.
Hypotenusa, *aldaurquea*, hypotenusis.
Hypotheca, *lotapea*, hypotheca.
Hypothecar, *lotapetu*, hypothecam dare.
Hypothecario, *lotapearra*, hypothecarius.
Hypothesis, *conteguipea*, hypothesis.
Hypothetico, *conteguipearra*, hypotheticus.
Hypotyposis, *begaitzimpea*, hypotyposis.
Hyssopada, *bustaldia*, hyssopi aspersio.
Hyssopear, *hisopoaz busti*, hyssopo aspergere.
Hyssopo, *urdingorria*, hyssopus.
Hyssopo, *hisopoa*, aspersorium lustrale.

DICTIONNAIRE BASQUE, ESPAGNOL ET FRANÇAIS,

Par M. Fl. Lécluse.

Aldaurquea, *hipotenusa*, hypoténuse, géom.

Andizcada, *hipérbole*, hyperbole, exagération.

Balenquema, *hipomoclio*, point d'appui d'un levier.

Begaitzimpea, *hipotipósis*, hypotypôse, rhét.

Burura, *hidrocéfalo*, hydrocéphale.

Bustaldia, *hisopada*, aspersion.

Conteguipea, *hipótesis*, hypothèse, supposition.

Conteguipearra, *hipotético*, hypothétique.

Docanta, *himno*, hymne.

Gaïndonecurtea, *hiperdulía*, hyperdulie.

Handizcada, *V.* Andizcada.

Hiblatarra, *hibleo*, délicieux.

Hiena, *hiena*, hyène.

Hisopoa, *hisopo*, goupillon.

Hisopoaz busti, *hisopear*, asperger.

Hitzaldaira, *hipérbaton*, hyperbate, rhét.

Idorneurta, *higrómetro*, hygromètre, ou plutôt * xéromètre.

Irudeztarra, *hipócrita*, hypocrite.

Irudeztea, *hipocresía*, hypocrisie.

Izapea, *hipostásis*, *persona ;* hypostase, personne.

Izapearra, *hipostático*, hypostatique.

Licurusna, *hipérico*, millepertuis.

Lotapea, *hipoteca*, hypothèque.

Lotapearra, *hipotecario*, hypothécaire.

Lotapetu, *hipotecar*, hypothéquer.

Lusulla, *hidria*, hydrie, cruche.

Marboillaquia, *hipérbola*, hyperbole, géom.

Negutarra, *invernizo*, d'hiver.

Quisobia, *yesal*, plâtrière.

Quisua, *yeso*, plâtre, gypse.

Quisu coscorra, *yeson*, plâtras.

Quisu hila, *yeso mate*, plâtre éteint.

Quisuquiña, *yesero*, plâtrier.

Quisuquinza, *yeseria*, construction, travail en plâtre.

Sayesperiarra, *hipocóndrico*, hypocondriaque.

Uciabezta, *hidrografía*, hydrographie.

Uciabeztarra, *hidrográfico*, hydrographique.

Ugueria, *hidropesía*, hydropisie.

Ugueriaz dagoana, *hidrópico*, hydropique.

Ulaucaiquinza, *hidrotecnia*, hydrotechnie.

Ulancaya, *máquina hidraúlica*, machine hydraulique.

Uneurta, *hidrometría*, hydrométrie.

Uraztia, *hidromancia*, hydromancie.

Urdingorria, *hisopo*, hysope, plante.

Uricara, *hidrófobo*, hydrophobie, horreur de l'eau.

Urizarrac, *hiadas*, hyades.

Urtastunca, *hidrostática*, hydrostatique.

Usuguea, *hidra*, hydre.

NOTES.

—

(1) Cette Dissertation a été lue à l'Académie des Sciences, Inscriptions et Belles-Lettres, séance du 13 février 1823.

(2) Cette Carte sera due aux soins complaisans de M. du Mège, connu par ses grands travaux archéologiques, et notamment par ses savantes recherches sur les départemens du midi de la France.

(3) Un savant qui a voulu garder l'anonyme, dans une lettre datée de Versailles et adressée à l'Auteur du Manuel Basque, après plusieurs éloges très-flatteurs, et notamment celui-ci : *Jamais la conjugaison Basque n'a été si bien exposée*, exprime en ces termes son opinion sur l'origine de la langue Basque :

« Je crois avec vous que le Basque est le résidu de l'irruption Carthaginoise, comprimé par l'irruption Romaine, et nourri peut-être par l'irruption Maure. »

(4) Parmi ces quatre pièces, la seule qui soit originale, intitulée *Huntz erhoa*, a été remarquée par un savant de Saint-Sébastien, qui dans une lettre adressée à M. Lécluse, à l'occasion de son Manuel de la langue Basque, s'exprime ainsi :

He tenido la dicha de ver su apreciable obra : tambien he visto, y me ha gustado mucho, la fábula de la Lechuza loca *de cerca del* Bidasoa, *tanto por el mérito de la invencion, como por la pureza y hermosura del lenguage.*

(5) Il s'en rencontre précisément une dans la page-modèle qui termine ce Prospectus, au mot *hygromètre*, que Larramendi a traduit en Basque par un mot qui signifie *xéromètre*. HYGROMETRO (dit-il) *artificio para medir los grados de sequedad en el ayre*, IDORNEURTA.

Il aurait dû dire : *artificio para medir los grados de* humedad *en el ayre*, ECENEURTA *edo* BUSTINEURTA. En effet, dit M. Lécluse, le mot *hygromètre* est composé des deux mots grecs ὑγρός humide, et μέτρον mesure, tandis que *idorneurta* répond exactement à *xéromètre*, composé de ξηρός sec, et de μέτρον mesure.

M. Lécluse, qui n'a pas eu la folle prétention de forger des mots Basques, s'est contenté de signaler par un astérisque l'inexactitude du mot *idorneurta*, relativement au mot *hygromè*

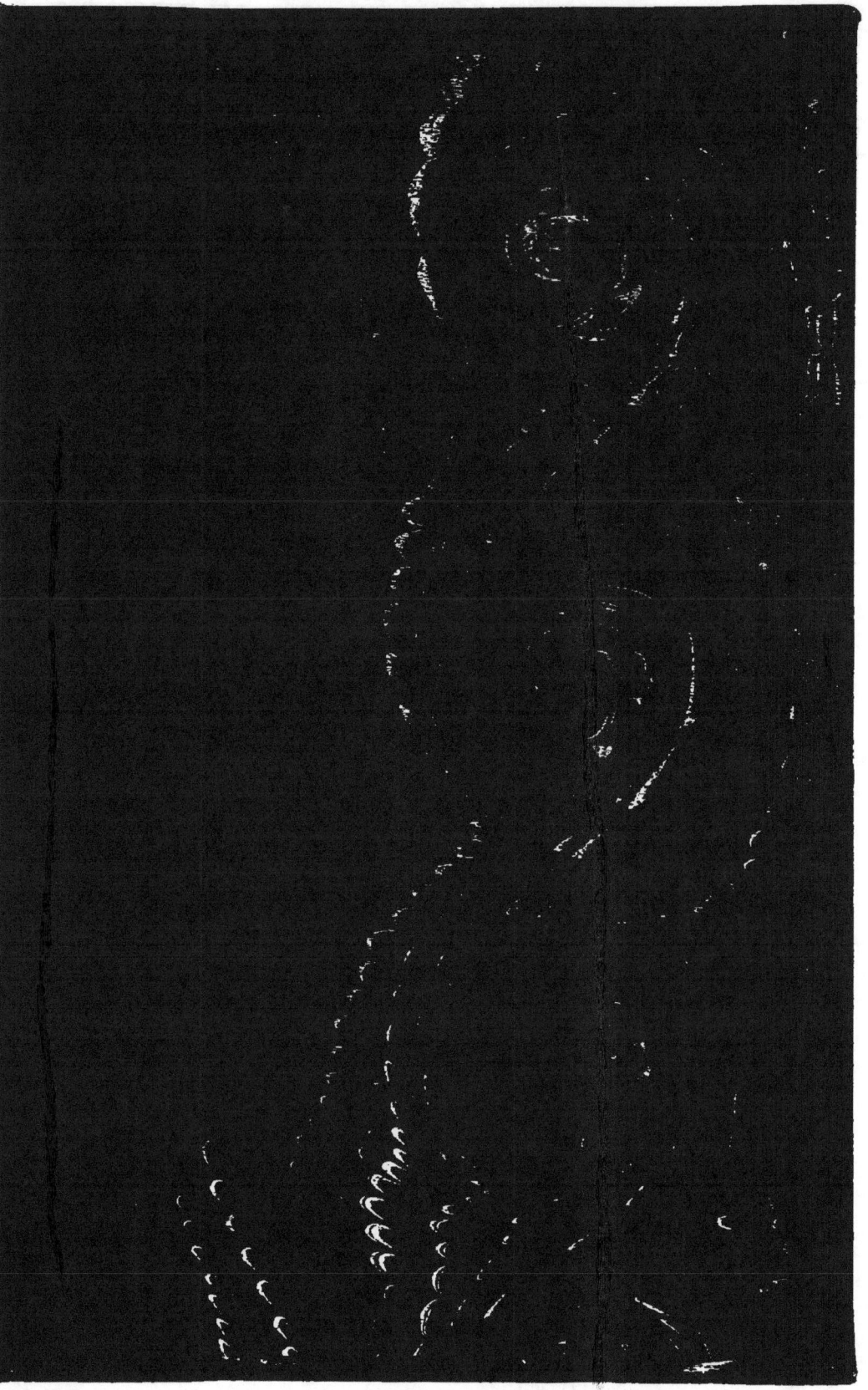